Ich widme dieses Buch all den wunderbaren Tieren auf diesem schönen Planeten Erde

# Himmel auf Erden

## Fleja, das Einhornkind, fliegt mit ihren Eltern über den neugeborenen, erholten Planeten Erde

**Andrea Selina**

Verlag: tredition GmbH
Grindelallee 188, 20144 Hamburg, Germany
www.tredition.de


Paperback     ISBN 978-3-7323-3944-0
Hardcover     ISBN 978-3-7323-3945-7
E-Book        ISBN 978-3-7323-3946-4

www.tredition.de

# Inhalt

# Vorwort

Eine meiner Visionen besteht darin, dazu beizutragen, dass Tieren mit mehr Respekt und Liebe begegnet wird und dass die Menschheit Tiere als eigenständige Seelen auf ihrem eigenen Seelenweg wahrnimmt. Ich möchte auch dabei helfen, dass sie sich komplett erholen können und mit Ihnen die gesamte Natur. Wir stehen alle miteinander in Verbindung; wir alle segeln auf demselben „Schiff", unserem Planeten Erde.

Meine Visionen wurden zu dieser Geschichte, in der eine Einhornfamilie mit ihrer Tochter über den gerade neugeborenen Planeten Erde fliegt und dabei einigen der großartigsten und erstaunlichsten Tiere begegnet, die darauf leben, was uns zeigen soll, welch einzigartiges Geschenk jedes einzelne von ihnen für uns ist.

Ich hoffe, dass viele Menschen dieses Buch lesen und dadurch angeregt werden, jede einzelne Seele, einschließlich der Seelen aus dem Tierreich und derjenigen unserer Mutter Erde als Seelen auf ihrem eigenen individuellen Seelenweg zu erkennen. Ich wünsche, dass alle Menschen in der Lage sein werden, sie zu respektieren

und in sich selbst Frieden und bedingungslose Liebe finden, so dass wir gemeinsam
in der Lage sind den „Himmel auf Erden zu
kreieren.

Andrea

# Einleitung

Die Erde befindet sich in einer immensen dimensionalen Verschiebung, ausgehend von der dritten in die fünfte Dimension in einem sehr kurzen Zeitraum.

Wir, als Menschen, teilen unseren Planeten mit einer riesengroßen und involvierten Reihe von schönen Wesen … dem Tierreich.

Viele Seelen haben die Tiere dieses Planeten als geringere Spezies angesehen, da sich diese Einstellung während der letzten Jahre von Atlantis vor mehr als 10,000 Jahren etabliert hat. Die Realität davon könnte nicht abweichender sein.

Jede Tierseele auf der Erde ist auf seiner eigenen und einzigartigen Aufstiegsreise. Und jedes einzelne von ihnen hat eine entscheidende Rolle bei der Etablierung und dem Aufstieg in die fünfte dimensionale Vibration zu spielen. Es ist auch erwähnenswert, dass zum Zeitpunkt meines Schreibens dieser Einleitung mehr als 75 % des Tierreiches bereits den physischen Aufstieg erreicht haben.

Unsere Beziehung mit den Tieren verändert sich so schnell wie die Energiematrix. Einer der höchsten Herz Facetten, an denen wir Menschen geprüft werden, ist die Liebe und das Mitgefühl zu ihnen.

Sobald wir lernen, uns selbst in unserer Gesamtheit zu lieben, dann können wir auch aufrichtig die tapferen und selbstlosen Seelen lieben und respektieren, mit denen wir entschieden haben, zu inkarnieren.

Ich hoffe aufrichtig, dass Sie diese schöne Geschichte genießen, die meine liebe Freundin Andrea geschrieben hat. Lesen Sie die Wörter sorgfältig und fühlen Sie die Vibration und die Botschaft, die in diesen enthalten ist.

Tim Whild

# 1. Afrika: Eine Elefantenherde und ein Löwenrudel

Fleja, das Einhornkind und ihre weisen Eltern flogen oft über den schönen, erst vor kurzem wie neu geborenen, Planeten Erde und versprühten engelgleiches Licht über den Bäumen, Pflanzen, Blumen und Flüssen und Meeren sowie über all den wunderbaren Tieren und warmherzigen Menschen, die hier leben. Nach sehr langer Zeit konnte sich der Planet Erde vollständig erholen. Wilde Tiere leben wieder frei in ihrer natürlichen Umgebung, dankbar, dass die Menschheit ihnen ihren Lebensraum zurückgegeben hatte. Die Haustiere leben ebenfalls frei und harmonisch in ihren Familien, versorgt mit allem Notwendigen, um leben, lieben und ihre Seele weiterentwickeln zu können als auch Spaß zu haben und ihren Familien nach freiem Willen zu dienen, wobei all ihre Entscheidungen respektiert und auf telepathischem Weg kommuniziert werden.

An einem sonnigen Morgen statteten Fleja und ihre Eltern einer großen Herde von Elefanten mitten im Herzen Afrikas mit seiner üppigen Vegetation an sattgrünen

Büschen, majestätischen Bäumen und allen Arten hoher und niedriger Gräser sowie Wasserlöchern, Tümpeln, Seen und Bächen einen Besuch ab. Die Natur erblühte in solcher Pracht, dass es einem das Herz vor Freude hüpfen ließ. Als sie behutsam neben der riesigen Herde landeten, begrüßte Jan, die weise alte Elefantenseele und Großmutter vieler Jungelefanten, einschließlich des kürzlich geborenen Kälbchens Jumby, die Einhornfamilie herzlich. Sie umfing jeden von ihnen zärtlich mit ihrem Rüssel, während sie die Einhörner liebevoll mit ihren hell schimmernden Hörnern berührten.

„Hallo Nuja, hallo Flynn und hallo schöne Fleja! Was für eine Freude, euch heute zu sehen! Und danke, dass ihr meiner telepathischen Einladung gefolgt seid! Wir haben so viel Freude an unserem Jumby und ich bin soooo aufgeregt, ihn euch heute vorstellen zu können" sagte Jan vergnügt.

„Hallo, liebe Jan, wir freuen uns auch, dich zu sehen" erwiderten die Einhörner wie aus einem Mund.

„Stimmt es, dass ich heute mit Jumby spielen kann?" fragte Fleja scheu.

„Ja, Fleja. Es wird ihm viel Spaß machen, mit dir zu spielen" antwortete Jan liebevoll. „Lasst uns jetzt meine große Familie begrüßen. Sie werden sich sicher alle sehr freuen, euch zu sehen!"

Sie gingen erwartungsvoll hinüber zu der riesigen Herde, vorbei an vielen Elefantenfamilien, die die Einhörner mit viel Freude und Liebe in den Augen begrüßten. „Jan, wie ist es dir ergangen seit unserem letzten Besuch? Ist alles in Ordnung bei dir und deiner großen Familie? Geht es allen Elefanten gut?" fragte Nuja.

„Danke Nuja. Ja, uns geht es allen gut und wir sind zufrieden und glücklich. Das weite Land ernährt uns in jeder Hinsicht und wir haben genügend gesundes Wasser zum Trinken und für unser tägliches Bad. Die Natur unterstützt uns mit so viel Liebe und Großzügigkeit. Wir sind wirklich dankbar."

In der Mitte der Herde, sicher beschützt von den anderen Familienmitgliedern, befanden sich Jumby, das neugeborene Kälbchen und seine überglückliche Mutter, Amy. „Hallo Nuja, hallo Flynn, hallo Fleja. Herzlich willkommen und danke für euren Besuch! Darf ich euch mein süßes Baby

Jumby vorstellen." Jumby lächelte die Einhörner schüchtern an, während er sich noch an die Beine seiner Mutter schmiegte und seine Ohren, eines nach dem anderen, an ihrem Bauch rieb.

„Hallo, Amy und hallo, Jumby" sagte Nuja. Nuja berührte Jumbys Stirn vorsichtig mit ihrem regenbogenfarbenen Einhorn, worauf Jumby aufsprang und strahlend lächelte.

„Jumby, Liebes, darf ich dir Fleja vorstellen? Sie würde sehr gerne heute mit dir spielen" fügte Amy hinzu.

„Hallo, Jumby" sagte Fleja scheu.

„Hallo, Fleja" antwortete Jumby und kam vorsichtig zwischen den hohen Beinen seiner Mutter hervor und auf seine neue Freundin zu. Lächelnd blickten sie einander in die Augen und rannten nach einer kurzen, liebevollen Berührung von Horn zu Rüssel und Rüssel zu Horn davon, um fröhlich miteinander zu spielen.

Die Elefantenherde setzte ihre Wanderung durch eine Landschaft reich an Gras, Bäumen und allen Sorten von Nahrung wie Wurzeln, Blättern und Ästen fort. Nuja, Flynn, Jan, Amy und Jumbo, Jumbys Vater, gingen langsam weiter, wobei sie sich über ihre neuesten Erlebnisse austauschten und über gute Neuigkeiten sprachen, während Jumby und Fleja begannen, sich miteinander anzufreunden. „Fleja, wieso schimmert dein Horn in so schönen Farben und wieso prickelt es so, wenn du mich damit berührst?" fragte Jumby.

„Das kommt daher, weil unsere Hörner aus reinem strahlendem Licht bestehen. Sie verströmen pure Liebe und heilende Energie an alles, das mit ihnen in Kontakt gerät" antwortete Fleja weise.

„Oh, das hört sich wirklich gut an" sagte Jumby.

„Jumby, könntest du mir bitte sagen, was du mit deinem langen Rüssel tun kannst...er sieht so süß aus!" fragte Fleja.

„Oh, mein Rüssel ist wirklich toll" antwortete Jumby und grinste verschmitzt von einem Ohr zum anderen, als er schnell ein wenig sandige Erde aufnahm und in großem Bogen über seinen Körper sprühte. Daraufhin trompetete er so laut er konnte und lächelte Fleja fröhlich an. Fleja musste so sehr lachen, dass ihr die Tränen über die Wangen liefen. Jumby wiederholte seine Vorstellung.

„Das ist so lustig" kicherte Fleja.

Fleja und Jumby folgten ihren Familien, wobei sie zwischen den Elefanten der Herde Verstecken spielten, Freude, Lachen und Glück verbreitend. Als sie einen großen Tümpel voll klaren, reinen, glitzernden Wassers zum Trinken und Baden erreichten, stürzten sich Fleja, Jumby und die anderen Kinder hinein um zu baden, paddeln, sich zu knuddeln und fröhlich miteinander zu spielen. Jumby und seine Spielkameraden saugten mit ihren Rüsseln Wasser auf, verschränkten sie miteinander und bespritzten sich mit dem Wasser. Andere rollten sich von einer Seite auf die andere, trompeteten und lachten während viele Elefanten mit unbeschreiblicher Liebe und Freude miteinander kuschelten.

Fleja verließ den Tümpel und ging zu ihren Eltern am Ufer. Zusammen sahen sie dem glücklichen Treiben zu, lachten, bis ihnen der Bauch wehtat und ihre Hörner reines weißes Licht von bedingungsloser Liebe ausstrahlten. Nach und nach stürzten sich einige der erwachsenen Elefanten in das Vergnügen, badeten und planschten wie die Jungen, während andere am Ufer blieben und zusahen, die Herde beschützten und ein wachsames Auge auf die Kinder hatten. Die Elefanten liebten es, mit den Kindern zu spielen. Aber sie beschützten sie auch liebevoll, sorgten für ihre Gesundheit, Entwicklung, Freude und Glück. Keines der Kinder wurde jemals alleingelassen oder war unbeschützt.

Sobald jeder Elefant sauber und zufrieden war, ruhte sich die Herde auf der weichen sandigen Erde neben dem Tümpel aus. Manche unterhielten sich einfach oder schliefen, bewacht von den weisen alten Elefanten. Nachdem Jumby von seiner ihn über alles liebenden Mutter seine Milch bekommen hatte, entschloss er sich, ebenfalls zu schlafen. Später, als er und Fleja wieder anfingen miteinander zu spielen und kreuz und quer durch die Herde liefen, entdeckten sie einen Löwen, der auf einem großen Ast eines Baumes lag, sein Rudel bewachend. Wissbegierig rannten sie sofort zu ihren Eltern zurück.

„Mama, Papa" rief Jumby ganz außer Atem, als sie bei ihnen ankamen. „Dürfen Fleja und ich das Löwenrudel in der Nachbarschaft nahe bei den Bäumen besuchen?"

Amy und Jumbo lächelten stolz angesichts der Neugierde und des Wissensdursts in Jumbys Gesicht. Fleja fragte ebenfalls ihre Eltern, und nach einer kurzen Diskussion beschlossen beide Elternpaare, ihnen einen Besuch bei den Löwen zu erlauben, aber nur in Begleitung der Papas. Fröhlich marschierten die Vier in Richtung Ende der Herde, leise die Elefantenhymne vor sich hin summend.

„Hallo Ted." begrüßten Jumbo und Flynn den Löwenvater, der mit einem freundlichen Lächeln seinen Kopf hob, um seine beeindruckende Mähne zu zeigen.

„Hallo Jumbo, hallo Flynn. Und hallo Kinder. Was für eine Freude, euch zu sehen. Wie geht es euch?"

„Gut, danke Ted. Uns geht es fantastisch! Und dir?" fragte Jumbo.

„Alles ist in Ordnung" erwiderte Ted.

„Darf ich dir meinen Sohn Jumby und seine Spielkameradin Fleja, die Tochter von Flynn und Nuja, vorstellen. Die Kinder wollten euch besuchen... wäre das okay für dich und dein Rudel?"

„Oh ja, Jumbo, das wäre schön."

„Danke, Ted" erwiderten Jumbo und Flynn dankbar.

„Nun, Jumby, Fleja, was kann ich für euch tun? Möchtet ihr unseren Kindergarten besuchen?" fragte Ted freundlich.

„Ja!" antworteten Jumby und Fleja gleichzeitig.

Ted sprang meisterhaft vom Baum und schickte ein gewaltiges Brüllen in Richtung des Rudels, während Jumbo und Flynn an einem sicheren Ort in der Nähe warteten. Dann lief Ted sicheren und majestätischen Schritts mit Fleja und Jumby zu dem legendären Löwenkindergarten, der von ein paar Löwinnen, die sich um die Löwenjungen kümmerten und sie säugten, wenn sie hungrig waren, umkreist wurde. Alle Löwenmütter sind gemeinsam verantwortlich für alle Kinder im Rudel und jede von ihnen gibt ihre Milch jedem Kind. Es macht für die Löwinnen keinen Unterschied, ob es sich um das eigene Junge oder ein anderes handelt. Sie lieben alle Jungtiere bedingungslos und sie lieben es, Mutter zu sein.

Es war ein wunderschöner Tag. Sonnenstrahlen fielen glitzernd durch das Blattwerk der Bäume, die die wundervolle Wiese, auf der die Löwenjungen herumtollten und allen Arten von Spielen nachgingen, säumten. Sie knabberten zärtlich an den Ohren ihrer Spielkameraden, sprangen auf die Rücken der Löwinnen, um davon herunterzurutschen, rauften sich spielerisch oder rollten sich einfach auf dem Rücken, glücklich glucksend. Es herrschte eine warme, friedliche, harmonische und sichere Atmosphäre. Während einige der anderen erwachsenen Löwen auf die Herde aufpasste und die Umgebung überwachte, hielt der Rest einfach ein kleines Schläfchen. Alles funktionierte gut, friedlich, ruhig und telepathisch.

Als Ted, Fleja und Jumby den Löwenkindergarten erreichten, empfingen die Jungen und ihre Mütter sie lächelnd. Fleja und Jumby begrüßten sie glücklich. Ted sprach daraufhin sanft mit den Jungen: „Meine Süßen, darf ich euch das Einhornkind Fleja und ihren Spielkameraden Jumby vorstellen. Sie würden gerne heute mit euch spielen. Wie ihr wisst, haben Einhörner und Elefanten kein Fell, nur eine dünne Haut, seid deshalb vorsichtig! Beißt sie nicht und zieht beim Spielen eure Krallen ein. Schafft ihr das, Kinder?"

„Ja, ja, ja wir werden vorsichtig sein", antworteten alle Löwenjungen rasch.

Sie gingen sofort auf Fleja und Jumby zu, um an ihnen zu schnüffeln und sie zu berühren und dann begannen alle miteinander zu spielen, im Kreis rennend, sich neckend und auf der Wiese wälzend. Kurz darauf kam der Rest der erwachsenen Löwen mit einer Gruppe Teenagerlöwen von einem gemeinsamen Ausflug zurück, auf dem sie etwas über ihren Lebensraum gelernt, ihre Fähigkeiten und Talente erweitert und ihre Kraft weise angewandt hatten. Alle waren ganz begeistert von ihrem Ausflug und freuten sich sehr, Fleja und Jumby im Löwenkindergarten zu treffen.

Später am Nachmittag gingen Jumbo und Flynn langsam auf das Rudel zu. Leise riefen sie: „Fleja, Jumby, wir müssen jetzt wieder zu unseren Familien zurückgehen. Bitte verabschiedet euch von den Löwen und bedankt euch."

Jumby und Fleja dankten den Löwen für ihre tolle Gastfreundschaft. „Danke, danke ihr lieben Löwen! Wir müssen jetzt gehen. Tschüss, danke nochmal, tschüüüss."

„Tschüss, danke für euren Besuch" antworteten die Löwen vergnügt im Chor.

Jumbo und Flynn bedankten sich ebenfalls bei den Löwen, dass sie sich so gut um ihre Kinder gekümmert hatten, und bald darauf spazierten die Vier, mit leuchtenden Augen, zurück zur Elefantenherde, die sich neben dem großen Tümpel zur Nachtruhe niedergelassen hatte. Nuja, Jan und Amy begrüßten sie bei ihrer Rückkehr.

„Wie war euer Nachmittag bei den Löwen?" fragte Amy.

Fleja und Jumby, die immer noch ein Leuchten in den Augen hatten, lächelten sie strahlend an und riefen im Chor: „Wuuuuundervoll!"

Alle lachten. Dann legten sich Jumby und Fleja nebeneinander nieder und schliefen sofort ein.

Am nächsten Morgen wurden sie von einem wunderschönen Sonnenaufgang geweckt. Nach einem morgendlichen Bad im Tümpel zusammen mit Amy, Jan, Jumbo und Jumby verabschiedeten sich Flynn, Nuja und Fleja von der Elefantenherde, ihr engelsgleiches Licht über sie verströmend, während die Elefanten gemeinsam ein wundervolles Lied für sie trompeteten. Die Einhörner flogen noch einmal einen Kreis über der Herde, wobei sie reine Strahlen goldenen Lichts aussandten. Glückselig setzte die Elefantenherde ihre Wanderung durch die schöne Landschaft fort, während die Einhornfamilie Richtung Europa flog, den frischen Wind genießend.

## 2. In den Alpen: Eine Herde von Kühen

Als sie über Europa flogen, schien die Landschaft völlig verjüngt zu sein, neu entstanden wie ein Phönix aus der Asche. Wunderschöne grüne Landschaften mit wilden Blumen, Hecken, Laub-, Nadel- und Mischwäldern bedeckten weite Teile des Landes. Klare Gewässer, Seen, Flüsse und Ströme glitzerten im Sonnenlicht, die grüne Natur, die sie umgab spiegelnd. Monokulturen über weite Landstriche waren jetzt verschwunden und durch das Auge erfreuende lokale Gemüseanbaugebiete, Obstbäume und Getreidefelder ersetzt worden. Da die Menschheit jetzt erkannt hatte, dass jedes Tier, genau wie der Mensch, eine Seele hat (und eine Seelenreise), ist es nicht mehr nötig, Mastfutter anzubauen. Letztendlich konnten die weiten Landschaften Mutter Natur zurückgegeben werden.

Hummeln und andere großartige Insekten schwirrten summend und surrend über die schönen grünen Weiden, hart arbeitend, aber überaus glücklich, dass sie der Natur und allen Bewohnern dieses wundervollen Planeten Erde dienen konnten. Noch besser, alle chemischen Düngemittel, Pestizide und Pflanzenschutzmittel waren verschwunden. Die Menschen hatten jetzt verstanden, dass diese Mittel, die der Natur, ihnen selbst und dem gesamten Tierreich schadeten, völlig überflüssig waren. Dank Liebe, Einfühlsamkeit und dem notwendigen Wissen gediehen die Pflanzen jetzt besser als je zuvor und liefern höherwertige Nahrung obendrein.

Nach einem kurzen Flug erreichten Flynn, Nuja und Fleja die Alpen und landeten sanft auf einer wunderschönen Alm, auf der gesunde Kuhherden mit ihren Kälbern zwischen kleinen Ziegen- und Schafherden weideten und sie alle das saftige grüne Gras, die frische Luft und die wärmenden Sonnenstrahlen an diesem wunderschönen Frühlingstag genossen.

„Hallo, alle zusammen." Flynn, Nuja und Fleja begrüßten die vertrauten Herden um sie herum mit einem freundlichen Lächeln und aktivierten ihre Hörner, um strahlendes Licht über die Herden und den Wiesen mit himmlischer Glückseligkeit zu verbreiten.

„Hallo, hallo" ertönte es von allen Seiten, von einer Vielfalt der erstaunlichsten Stimmen.

Flynn und Nuja gingen ihre Freundinnen Betty und Laura begrüßen, während Fleja voll Freude zur Kälberspielgruppe rannte, die von den Kälbern selbst, kurz nach ihrer Geburt, gegründet wurde und die immer den besonderen Schutz der ganzen Herde genoss. „Hallo Leute, darf ich mitspielen?" fragte Fleja ganz außer Atem.

„Natürlich, Fleja" erwiderten die Kälber fröhlich und eines nach dem anderen begrüßte sie mit einem zärtlichen Stups, bevor sie ihr Spiel fortsetzten.

Flynn, Nuja, Betty und Laura, die beide Mütter von Kälbern aus der Spielgruppe waren, beobachteten das liebevolle Spektakel überglücklich und stolz.

„Das zu sehen ist wirklich eine Freude" sagte Nuja.

Laura erwiderte: „Ja, Nuja. Wir schätzen diese Spielgruppen auch. Sie geben uns so viel Liebe und Freude. Ich kann es immer noch nicht nachvollziehen. Es hat alles von selbst begonnen, seit wir frei sind, erneut in der Natur leben und unsere Kälber wieder unsere Milch saugen lassen können. Diese Milch ist so speziell und wichtig für sie, da sie alle wichtigen Vitamine und Antikörper enthält."

Betty fügte hinzu: „Durch diese spezielle Milch ist es den Kälbern leichter möglich, sich wieder mit unserem uralten Wissen und unserer Weisheit zu verbinden und sie hilft ihnen, auf allen Ebenen des Lebens zu wachsen. Sie ist unser angeborenes Geschenk von der Quelle. Unsere Kinder zeigen einander in den Spielgruppen Liebe und Mitgefühl. Man kann eine so große Herzenswärme erkennen."

„Es freut mich wirklich sehr, all diese wundervollen Veränderungen zu hören und zu sehen" sagte Nuja enthusiastisch.

„Ja, die Veränderungen sind wirklich großartig! Uns geht es so gut, wir sind ganz überwältigt. Und die Menschen profitieren auch von unserer neuen Lebensweise, weil unsere Milch, die wir freigebig mit ihnen teilen, viel bekömmlicher für sie ist, nachdem wir jetzt nur noch Pflanzen fressen. Endlich ist es uns möglich, nur Biokost zu fressen, wie es schon immer für uns geplant war, ohne konzentriertes Kraftfutter. Als die Menschen begonnen haben, uns als das zu respektieren, was wir wirklich sind, nämlich Tiere mit einer Seele und einem eigenen Seelenpfad und mit der Fähigkeit, zu lieben und zu dienen, haben sich auch ihre Ansprüche an uns geändert. Sie haben aufgehört, zu versuchen, möglichst viel Milch von uns zu bekommen und unsere Hörner zu beschneiden, welche mit unserem Nervensystem verbunden sind und sehr wichtig für unser Wohlbefinden sowie für unsere gemeinsame Milch. Jetzt ist unser Leben voll von Freude, Glück und viel mehr Liebe."

Sie alle verbrachten einen herrlich erholsamen Tag miteinander, genossen die Sonne und den Gesang der Grillen und der Vögel sowie die gelassene Ruhe die die majestätischen Berge rund um die herrlichen Almen ausstrahlten. Ab und zu kam eines der jüngeren Kälber zu seiner Mutter, um zu trinken oder ein wenig zu schmusen, während andere Kühe und Kälber ein Nickerchen machten oder ein wenig herumliefen. Später, am frühen Abend, als einige Kühe auf der Weide beim Dorf ihre Milch teilten, genossen sie auch die Liebe und Dankbarkeit, die die Milchbauern ihnen entgegenbrachten. Bald darauf, nachdem sie alle so viel Gras und Wasser gefressen und getrunken hatten, wie sie wollten, sahen sich die Kühe, Schafe, Ziegen und die Einhornfamilie den prachtvollen Sonnenuntergang an.

„Was für ein herrlich entspannter Tag, vielen herzlichen Dank dafür, liebe Freunde", sagte Nuja zu den Kühen, Schafen und Ziegen. Dann legten sie sich nebeneinander nieder und fielen in einen erholsamen tiefen Schlaf unter den funkelnden Sternen.

# 3. Ungarn und Rumänien: Eine Wildpferdherde

Am nächsten Morgen, kurz vor Sonnenaufgang, verabschiedeten sich Flynn, Nuja und Fleja von den reizenden Kuh-, Schaf- und Ziegenherden und setzten ihre Reise in Richtung Ungarn und Rumänien fort, um dort eine große Herde Wildpferde, die sich von Europa bis durch die Mongolei sowie auf den anderen Kontinenten wieder sehr populär angesiedelt hatten, zu besuchen. Da die Pferde ihre Seelenverwandten waren, die in inkarnierter Form auf der Mutter Erde lebten, freute sich die Einhornfamilie sehr darauf, sie zu treffen.

Das Gras war noch benetzt vom Morgentau, als sie sanft aufsetzten. „Hallo, Nuja, hallo Flynn, hallo Fleja. Welch Freude, euch willkommen heißen zu dürfen" grüßte Ron, einer der Hengste, sie liebevoll.

„Hallo, Ron, schön dich wiederzusehen. Ich hoffe, du hattest viel Spaß seit unserem letzten Treffen" entgegnete Flynn.

„Ja, Flynn, habe ich. Unser Leben ist toll, seit wir so leben können, wie es für uns vorgesehen ist. Schau in unsere Augen und du siehst die Schönheit und Liebe, die wir mit allem und jedem teilen, dem wir begegnen."

Nuja und Fleja gesellten sich zu der Herde und begrüßten die Pferde, indem sie sie liebevoll mit ihren Ohren oder Hörnern streiften. Sie begannen, auf telepathische Weise miteinander zu kommunizieren, während Ron und Flynn ihr Gespräch fortsetzten.

Fleja mischte sich bald unter eine Gruppe von Fohlen, die miteinander spielten, und sie alle starteten einen Wettlauf von einem Ende der Herde zum anderen, rennend, springend, lachend und mit einer großen Menge Spaß.

Später an diesem Morgen, begann die Herde ihren täglichen Galopp durch das weite Land, über grüne Wiesen entlang an Wäldern und Flüssen, Hindernisse und kleine Bäche überspringend, den Wind in ihren Mähnen genießend, mit einem Gefühl vollkommener Freiheit. Das Vergangene loslassend, gingen sie, die Zeit vergessend, völlig im Moment auf, einfach ihr Sein und ihre Verbundenheit mit der Natur, der Erde und der Luft  genießend. Es war reine Freude und Vergnügen.

„Wie viel Spaß das macht, ich habe es wirklich vermisst" sagte Flynn zu Ron voller Begeisterung, während sie auf eine schöne Wiese zusteuerten, um zu rasten und ein paar ihrer domestizierten Kameraden zu treffen, die in der Nähe bei Menschen wohnten.

„Hallo, schön euch zu sehen" begrüßte Flynn die Hauspferde.

„Hallo, Flynn! Welch Freude auch euch zu sehen. Wie geht es?" fragte Tony einer der domestizierten Hengste.

„Gut, Tony. Wir hatten viel Spaß mit unserer Tochter Fleja und genießen gerade unsere Reise über die Erde, um Tierfamilien zu besuchen. Wie geht es dir und deinen Kameraden?"

„Alles ist perfekt, Flynn, nachdem wir jetzt so oft frei laufen dürfen, wie wir wollen und wunderschöne, saubere Ställe haben. Wir kommen nun gerne in unser Heim und zu unseren Menschenfamilien zurück. Wie du weißt, lieben wir sie alle und besonders die Kinder, die genauso einfühlsam und liebevoll sind wie wir. Manche von uns dienen ihnen als Therapeuten, während andere sie einfach auf ihrem Rücken reiten lassen, ohne Sattel und Zügel. Die Menschen haben gelernt, uns vollkommen zu vertrauen, so wie wir ihnen vertrauen. Die meisten halten sich an unserer Mähne fest, um das Gleichgewicht zu halten, während andere einfach sanft unseren Hals umfassen und den Ritt genießen."

„Das ist wirklich fantastisch, Tony. Ich freue mich so, das zu hören. Wir Pferde sind alle auf irgendeine Weise Heiler, besonders für die Kinder. Wir haben die Fähigkeit, die Seele jedes Menschen zu berühren und durch unsere mächtige Präsenz heilende Kräfte auszusenden. Es ist unsere angeborene Gabe! Wir besitzen großes Einfühlungsvermögen und teilen unsere bedingungslose Liebe für alles und jeden, der oder das lebendig ist."

„Ja, du sagst es, Flynn! Ich kann gar nicht sagen, wie viel Freude es mir macht, zuzusehen, wenn unsere Fohlen mit den Kindern spielen. Sie sind die besten Freunde und man erkennt keinen Unterschied zwischen den spielenden Menschen- und Tierkindern ... es ist wirklich lustig, zu beobachten" lachte Tony.

„Haha, das klingt wirklich lustig. Ich denke, jeder von uns kann von ihnen lernen." erwiderte Flynn.

Nachdem sie sich ausgeruht und mit ihren Kameraden unterhalten hatten, verabschiedeten sich die Wildpferdherde und die Einhornfamilie von den Hauspferden und setzten ihren wilden Galopp zu einer schönen fruchtbaren Lichtung am Waldrand fort. Sie verbrachten den Rest des Tages am Ufer eines kleinen Flusses und nutzen die Gelegenheit, frei umher zu galoppieren und sich an frischem Gras und Kräutern satt zu fressen.

„Es macht so viel Spaß mit der Herde zu rennen, Mami" japste Fleja atemlos, als sie die Lichtung erreichten.

„Ja, Fleja, mir gefällt es auch. Ich genieße es immer wieder, wenn wir eine dieser Herden wilder Pferde treffen, die so frei auf diesem wundervollen Planeten Erde leben" erwiderte Nuja sanft, dankbar, dass ihre Tochter so glücklich war.

Bald nach Sonnenuntergang legten sich Fleja und die Fohlen nieder und fielen, müde wie sie waren, in einen tiefen Schlaf, der die ganze Nacht andauerte.

Am nächsten Morgen, kurz vor dem Sonnenaufgang, erfreuten sich alle an einem frühen gemeinsamen Galopp. Flynn

blickte zu Fleja und rief: „Zeit, sich zu ver-
abschieden, Fleja."

Fleja wandte sich sofort an ihre neuen
Freunde: „Tschüs, meine Freunde, und
danke für die tolle Zeit! Wir sehen uns
bald."

Die Fohlen nickten mit den Köpfen und
winkten mit ihren Ohren, als die Einhornfamilie in Richtung Osten davonflog.

# 4. Indien und Pakistan: Eine Tigerfamilie

Das Wetter war mild und sonnig und die Einhörner genossen ihren Flug über die herrlichen grünen Weiden, über den sauberen Bosporus voll von Fischen und über die fruchtbaren Landschaften im Irak, Iran und Afghanistan, wo die Menschen in ihrer neugestalteten Umgebung friedlich zusammen lebten. Die Menschen waren dankbar für die Wiederaufforstung ihrer Wälder, für die vielen Flüsse, die üppigen Gemüsegärten und natürlich für die berühmten persischen Gärten, die Menschen aus aller Welt anlockten, um sie zu bestaunen und in ihnen zu meditieren.

Kurz nach Mittag, erreichte die Einhornfamilie ihr geplantes Ziel: eine herrlich fruchtbare Lichtung mit allen Arten von Dschungelgräsern, Blumen und einheimischen Kräutern in einem der Regenwälder, die sich von Pakistan über Indien und Nepal nach Thailand erstreckten. Ihr Plan war, eine örtliche Tigerfamilie zu besuchen, welche sehr aufgeregt über ihren Besuch war und auch schon in der Lichtung auf sie wartete. Als größte Vertreter der Katzenfamilie, sind Tiger starke Beschützer, nicht nur ihrer eigenen Kinder, sondern auch für Ihr ganzes Revier und der ganzen Mutter Erde. Sie schätzen wirklich das Universum.

„Hallo, ihr alle!" begrüßte Flynn die Tigerfamilie. Ihre süßen verspielten Babys purzelten und rollten übereinander.

„Hallo, ihr Lieben! Herzlich willkommen!" entgegnete Toro, der Vater der Jungen, liebevoll. Sie begrüßten sich herzlich, indem die Tiger mit ihren Köpfen sanft die Hörner der Einhörner berührten. Dies fanden die Tigerjungen sehr lustig.

„Lasst uns zu unserer Höhle ganz in der Nähe gehen meine Lieben. Sie ist groß genug für uns alle und wir können dort eine schöne Zeit miteinander verbringen" sagte Mini, die Tigermama.

Sie wanderten gemeinsam los, nur aufgehalten durch die niedlichen Spiele der süßen Jungen, bis sie schließlich zu einer Höhle, versteckt hinter Bäumen und Büschen, gelangten. In der Höhle fuhren Mini, Nuja. Fleja und die vier Jungen fort, miteinander zu spielen, sich glücklich gegenseitig umarmend und knuddelnd, während Flynn und Toro ein weises Gespräch führten. Die ganze Höhle war erfüllt von Liebe und Freude.

Als die Nacht anbrach, legten sich die Einhornfamilie, Mini und die Tigerbabys zum Schlafen nieder. Toro, als Beschützer, verließ die Höhle, um sicherzustellen, dass alles in ihrem Revier in Ordnung war, elegant eine Pfote vor die andere setzend. Am nächsten Morgen badeten sie in einem Fluss mit klarem frischen Wasser und Flynn, Nuja und Fleja bedankten sich bei der Tigerfamilie für ihre Gastfreundschaft, bevor sie ihre Reise zum Himalaya fortsetzten.

# 5. Himalaya: Eine Gänseschar

Hoch oben am blauen, klaren Himmel trafen die Einhörner eine wundervolle Schar von Gänsen, die Ihren Flug kurz vor Sonnenaufgang angetreten hatten. Ihre Reise ging von Südindien in Richtung Zentralasien über den gewaltigen Himalaya zu ihren Brutstätten.

„Hallo, ihr! Schön, euch zu sehen!" Begrüßten die Gänse die Einhörner im Chor, überglücklich über dieses unerwartete Treffen.

„Hallo, ihr Lieben." Die Einhörner änderten schnell ihre geplante Route, um mit diesen wundervollen Vögeln zu fliegen, die bedingungslose Liebe versprühen und Wärme über das Land verbreiten über das sie fliegen, während sie gleichzeitig den Wind und die klare Luft genießen. Gänse sind aufmerksam und mitfühlend. Sie lieben ihre Familienmitglieder bedingungslos und kümmern sich umeinander. Darüber hinaus besitzen sie einen ausgeprägten Gemeinschaftssinn, der sehr wichtig ist bei ihren langen und anstrengenden Flügen über diese gigantische Bergregion.

Um sicherzugehen, dass sie die perfekte V-Formation der Gänse nicht störten, flogen die Einhörner ein paar Meter oberhalb von ihnen, während sie sich die ganze Zeit über Neuigkeiten austauschten. Sie flogen über dieses atemberaubende Heilige Land, über die mächtigen Gebirge, über den Indischen Herakhan Kailash und den tibetischen Kailash, wo die geliebten Heiligen ihren himmlischen Rückzugsort sowie ihre lokalen Meditationsorte haben und von wo aus sie Liebe, Licht und Glückseligkeit über die ganze Erde und ihre Bewohner ausstrahlen. Seit Tibet wieder frei war, in seiner glorreichen und göttlichen Präsenz erstrahlend, wie es schon immer hatte sein sollen, war der ganze Planet befreit, wiederauferstanden, verjüngt. Er stand in voller Blüte, Liebe, Mitgefühl, Überfluss, Sicherheit und Wärme übertrugen sich auf all seine Bewohner.

## 6. China: Pandas und Hausschweine

Noch immer diese Göttlichkeit genießend, verabschiedeten sich die Gänse und die Einhornfamilie voneinander, Flynn, Nuja und Fleja wechselten ihren Kurs erneut und flogen nach China, um die riesigen Bambuswälder an der Grenze zu Tibet zu besuchen und einen Blick auf die wunderschönen Pandas zu erhaschen, die dort ständig leben. Die wieder aufgeforsteten Bambuswälder und der erfrischende Blick auf die schönen kristallklaren Berge machten die Gegend zu einem wahren Paradies.

„Hallo, ihr Hübschen" begrüßte Fleja eine Gruppe wunderschöner Pandas, die Bambus fraßen, als sie über sie hinweg flogen.

„Hallo, ihr lieben Einhörner! Schön, euch zu sehen" grüßten die Pandas zurück, glücklich und voller Freude, über diese Begegnung.

„Lass uns über das ganze Gebiet fliegen Flynn und diese netten und schönen Bären und diese wundervolle Natur mit unseren Hörnern segnen" sagte Nuja. Die Einhörner begannen, im Kreis zu fliegen, größer und größer werdend, bis sie die riesigen Bambuswälder und die ganze Umgebung mit ihrer glückseligen Gegenwart und ihren Segnungen bedeckten.

„Das ist wundervoll und macht mich so glücklich!" sagte Fleja, überschäumend vor Freude und konzentrierte sich darauf, jedes einzelne Pandakind mit ihrem strahlenden Licht zu berühren.

„Das hast du toll gemacht, Fleja!" sagte Flynn lächelnd mit Stolz und Freude über ihre wundervolle und heilende Arbeit.

„Okay, Fleja, wir sind jetzt fertig. Lasst uns zu den netten Pandabären auf Wiedersehen sagen und unsere Reise fortsetzen" sagte Nuja, immer noch Liebe und Licht über ihr Horn aussendend.

„Tschüs, schöne Pandas" rief Fleja über das ganze Gebiet. Die Pandabären bedankten sich und winkten zum Abschied.

Die Einhornfamilie setzte ihre Reise Richtung Südchina fort, glücklich darüber zu sehen, dass die Schweineställe und Kulturfelder für Tiernahrung verschwunden und durch neue Wälder, Naturparks, Obst- und Gemüseplantagen sowie durch viele kleine Gewässer ersetzt worden waren, die nicht nur wilde und Haustiere ernährten, sondern auch die Menschen in den umliegenden Ländern. Die Menschheit hatte endlich erkannt, dass sich die Tiere hier auf der Erde auf ihrer eigenen Seelenreise befinden und nicht geplant hatten, als Nahrung für die Menschen zu inkarnieren. Die Schweine auf der Erde wurden jetzt für ihre Liebe, ihr Mitgefühl und ihre Heilenergie respektiert, die sie als Geschenk von ihren geliebten Plejaden mitgebracht haben. Einige von ihnen leben jetzt frei in ihrem Gebiet, während andere sich dafür entschieden haben, als Haustiere in ihren Familien zu leben, das Leben auf der Erde mit all ihrer Schönheit genießend.

Nach diesem ereignisreichen Tag suchten Flynn, Nuja und Fleja nach einem ruhigen, bequemen Ort zum Schlafen an einem der paradiesischen weißen Sandstrände in Vietnam. Voll Schönheit und Anmut legten sie sich in das weiche grüne Gras zwischen den Palmen.

„Oh wie wundervoll! Hier werden wir sehr gut schlafen und etwas Schönes träumen in der gesunden salzigen Meeresluft" sagte Nuja glücklich und bald waren alle drei eingeschlafen.

# 7. Bali: Die Insel der Götter

Früh am nächsten Morgen flogen Flynn, Nuja und Fleja über frische klare Ozeane und paradiesische Inseln in Richtung Australien. Bald überquerten sie die magische, stille und majestätische Insel Bali. „Die Insel der Götter" war berühmt für ihre herrlichen Reisterrassen, blühenden Gärten, Affenwäldern, heiligen Tempelanlagen und endlosen Sandstränden und strahlt diese einzigartige göttliche Atmosphäre und Stimmung, weit über ihre Grenzen hinaus aus.

„Oh, das ist schön hier" rief Fleja erstaunt.

„Ja Fleja, dies ist ein so schöner Ort, erschaffen aus Liebe und einem Sinn für Anmut und Respekt für die Pflanzen und die Umwelt, bei gleichzeitiger Verehrung des Göttlichen in jedem einzelnen Objekt. Es ist wirklich der Himmel auf Erden" sagte Nuja stolz.

# 8. Australien: Uluru, Kängurus und Koalas

Zurück draußen über dem weiten Ozean beobachteten Flynn, Nuja und Fleja eine Schule schöner, majestätischer Haie, die an der Meeresoberfläche schwammen und einfach ihren Spaß miteinander hatten, indem sie im Kreis schwammen, untertauchten, um dann über den Wellen wieder aufzutauchen.

„Hallo, ihr lieben Haie. Wie geht es euch?" fragte Fleja.

„Sehr gut, Einhornkind, danke der Nachfrage, Liebes. Wir toben ein bisschen mit unseren Kindern und Brüdern und Schwestern aus dem Meer herum" erwiderte Timmy, einer der Älteren, vergnügt.

„Wie schön, das zu hören, Timmy, und wie wundervoll euch alle zu sehen. Macht euch einen schönen Tag, bye, bye!"

„Danke, ich wünsche euch dreien eine gute und schöne Reise. Hoffentlich sehen wir uns bald einmal wieder" entgegnete Timmy.

Nachdem die Haie noch mehr Segnungen aus den Hörnern der Einhörner erhalten hatten, setzten Flynn, Nuja und Fleja ihre Reise fort. Als die Einhörner den wunderschönen Kontinent Australien erreicht hatten, badeten sie die Landschaft unter ihnen wieder im göttlichen Licht, anerkennend die erstaunlichen Veränderungen seit die Menschheit begonnen hat, Mutter Erde und alle ihre Tiere zu respektieren.

In der Landwirtschaft werden jetzt nicht-invasive Geräte benutzt, um den Boden zu schonen und ihm zu erlauben, sich in seinem natürlichen organischen Rhythmus zu erneuern. Als Ergebnis wächst und gedeiht es auf dem ganzen Kontinent wieder, einschließlich in den trockensten Regionen. Wiedererblühend, erneuert wie ein Phoenix aus der Asche. Über dem majestätischen Uluru, dem gewaltigen Monolithen mit seinen einzigartigen durch das Sonnenlicht bewirkten Farbschattierungen und Farberscheinungen dankten sie dem Göttlichen ganz besonders. Der Uluru ist ein wichtiger spiritueller Ort für die Traumzeit der Aborigines, eingebettet in die örtliche Flora und Fauna. Er wurde schließlich für Touristenausflüge gesperrt und kann jetzt in seiner göttlichen Präsenz ruhen, so wie es schon immer sein sollte.

Eine Känguru Gruppe mit brütenden Weibchen, die ihr Junges in ihren speziellen Beuteln vor ihrem Bauch trugen, niedliche Jungtiere und einige männliche Erwachsene hüpften vergnügt in der Nähe umher, sich amüsierend und den Moment genießend. „Hallo, ihr schönen Kängurus!" grüßten Flynn, Nuja und Fleja sie freundlich lächelnd.

„Hallo, ihr schönen Einhörner" riefen die Kängurus zurück, von Freude überwältigt.

Die Sonne stand noch hoch am Himmel, als sie sanft in einem der wiederaufgeforsteten Eukalyptuswälder im Osten Australiens landeten. Sie trafen auf schöne und sensitive Koalas, die auf den Bäumen lebten, welche ihnen Heimat, Schlafstätte und Nahrung boten. Die Zahl der Buschfeuer war zurückgegangen, nun, da die landwirtschaftliche Bebauung reduziert worden war und neue, umweltfreundliche Systeme den Boden schonten und dabei halfen, die Natur zu regenerieren und zu nähren. Weitreichende Aufforstungsprogramme hatten vielen Pflanzen, Blumen und Insekten wie Bienen und Ameisen sowie größeren Tieren ihren Lebensraum zurückgegeben. Auch das trockenere Klima war vollständig verschwunden und großartige, neu miteinander verbundene Landschaften waren entstanden, was es der Population dieser wunderschönen Koalas erlaubte, sich Schritt für Schritt zu erholen.

Fleja und ihre Familie beschlossen, sich zuerst unter einem der schönen Eukalyptusbäume auszuruhen und die Wärme und Stille dieses wundervollen Ortes zu genießen, bevor sie sich mit den Koala Familien unterhalten wollten. Kurz vor Sonnenuntergang, nachdem Sie zuvor ausgiebig kuschelten und sich reinigten, kam Tessy, die Koala Mama mit ihrem Baby Tini in ihrem Beutel langsam aus der Nachbarschaft zum Eukalyptusbaumbereich ihrer Schwester Meg, herüber, um die Einhornfamilie zu begrüßen.

„Hallo, herzlich willkommen!" begrüßten Meg und Tessy zärtlich die Einhörner, jetzt nachdem alle wach und ausgeruht waren.

„Hallo, Meg, hallo Tessy. Schön, euch wiederzusehen und wie freundlich von euch, uns hier auf dem Boden zu begrüßen" sagte Nuja sanft.

„Es ist uns eine Ehre, euch hier zu treffen, liebe Nuja, auch wenn wir auf dem Boden nicht gerade die besten Läufer sind. Da wir das meiste Wasser, dass wir benötigen, aus den Eukalyptusblättern saugen, gibt es für uns keinen Grund, oft auf der Erde zu sein" sagte Tessy.

„Wie war eure Reise bis jetzt?" fügte Meg hinzu.

„Oh, wir haben sie wirklich genossen. Die neue Erde sieht so schön aus. Die gesamte Natur erholt sich und erblüht in all ihrer Pracht" antwortete Nuja.

„Schön, das von euch zu hören, liebe Nuja. Wir genießen auch unser neues Klima und wir sind viel gesünder als vorher" sagte Meg schüchtern. Tinis pelzige Öhrchen spitzten aus dem Beutel ihrer Mama hervor und das Baby lächelte freundlich zur Begrüßung.

„Hallo, Tini" Fleja begrüßte das Baby behutsam mit einem herzlichen Lächeln und einem liebevollen Stups mit ihrem Horn, aus dem sie es mit grenzenloser Liebe und zahllosen Segnungen übergoss. Tini war überglücklich und erwiderte strahlend Flejas Lächeln, während sie sich zärtlich an den Bauch ihrer Mama kuschelte.

Die Sterne gingen am Himmel auf und alle erfreuten sich an einer sternenklaren Nacht mit einem wunderschönen Mond am Himmel. Bald schlief Fleja ein und nachdem sie sich verabschiedet hatten, kehrten die Koalas auf ihre Eukalyptusbäume zurück, um langsam und bewusst Eukalyptusblätter zu kauen, während die Einhörner einen erholsamen Schlaf genossen.

# 9. Die Ozeane: Delfine und Wale

Kurz nach Sonnenaufgang setzten Fleja und ihre Eltern ihre Reise zur Küste Neuseelands fort, in deren Verlauf sie über eine beeindruckende Delfinschule flogen, die gerade die Wasseroberfläche durchbrach. „Hallo, liebe Delfine" begrüßte Fleja sie glücklich und genoss die frische Meeresbrise über dem Wasser.

„Hallo, Fleja, es ist auch schön, dich zu sehen" rief Dicki, ein großer blaugrauer Delfin ihr zu, während er im Schwimmen sein schönes lächelndes Gesicht in Flejas Richtung streckte.

„Wir wollen den Pazifik Richtung Südamerika überqueren, Dicki. Es wäre toll, wenn du und deine Delfinfreunde uns eine Weile begleiten könnten. Mir gefällt eure ansteckende gute Laune und eure liebevolle Art so sehr!"

„Danke für das Kompliment, es würde mir wirklich Spaß machen. Es wäre eine Ehre, euch wundervolle Einhörner begleiten zu dürfen. Lass mich nur schnell meine Freunde fragen."

Dicki kommunizierte telepathisch mit seinen Delfinfreunden und alle stimmten sofort zu. Glücklich und mit viel Spaß setzten Fleja und ihre Eltern ihre Reise fort, während die Delfine unter ihnen im Meer schwammen, spielerische und vergnügte Sprünge vollführten, Loopings in der Luft machten, einfach den Moment genießend und der Strömung folgend. Die Einhörner flogen in niederer Höhe über ihnen, dankbar für solch liebevolle Begleiter und glücklich über die unbeschreibliche Freude und bedingungslose Liebe, die die Delfine zum Universum und all seinen Bewohnern ausstrahlten.

„Hey, Fleja, möchtest du ein wenig kaltes Wasser?" Dicki lachte. Sobald er das gesagt hatte, tauchte er platschend ins Wasser, so dass Fleja eine sanfte Dusche mit Ozeanwasser erhielt.

„Hey, Dicki, das gefällt mir!" rief sie.

„Ich weiß, Fleja, deshalb habe ich es gemacht!"

Das klare Wasser glänzte in der Sonne, seine Sauberkeit widerspiegelnd. Alle Verschmutzungen in den Meeren und Ozeanen waren verschwunden sobald jeder auf der Erde die Verantwortung für sein oder ihr Tun übernommen hatte und half, die Verschmutzungen zu beseitigen. Als sie die schönen und sauberen Südseeinseln erreichten, drehten die Delfine um.

„Bye, bye, Fleja! hoffe, dich bald wiederzusehen" rief Dicki und machte in der Luft einen Doppelsalto.

„Oh ja, Dicki, wir werden euch sehr bald wieder besuchen und danke für eure fröhliche Begleitung. Tschüss, ihr schönen Delfine."

„Es ist sooooo schön, über das Wasser zu fliegen" bemerkte Fleja, als sie der Nase nach in Richtung der südamerikanischen Küste flogen, den unendlichen Raum der inneren Stille und bedingungslosen Liebe für alles genießend. Auf halbem Wege trafen sie auf eine wunderbare Walherde, die glückselig heilendes Licht in die Meerestiefen und die Atmosphäre aussanden, während sie sich auf der Wasseroberfläche tummelten.

„Hallo, liebe Wale, wie geht es euch?" begrüßte Fleja sie.

„Oh hallo, geliebte Einhörner! Toll, euch hier auf dem schönen Ozean zu sehen. Wir fühlen uns wirklich gut und gesegnet, seit die Ozeane gesäubert wurden und das Wasser wieder klar und rein ist. Es ist jetzt eine Freude, zu leben, nachdem wir keine Angst mehr haben müssen, gejagt zu werden oder etwas Falsches zu fressen, wie zum Beispiel Plastikflaschen. Wir können unser Leben jetzt wieder so leben, wie es von jeher gedacht war, einfach vergnügt herumschwimmen, Liebe und Frieden an die Welt aussenden und liebe Freunde um uns haben" sagte Pepe, eines der älteren Jungtiere fröhlich und weise, während er durch die Weiten des Ozeans unter der Einhornfamilie die Wasseroberfläche durchbrach.

„Wie schön, das zu hören!" sagte Nuja, als sie über ihnen flog, den Frieden und die von Liebe erfüllte Führung der schönen Wale genießend.

Die Sonne schien noch, als sie die paradiesischen Hawaii-Inseln mit ihren fruchtbaren vulkanischen Böden, den majestätischen Bergen und den herrlichen Sandstränden, erreichten.

„Hallo, glückliche Delfine!" rief Fleja einigen Delfinen zu, die mit großem Vergnügen durch die riesigen Wellen tauchten, die sie unbekümmert mit den Surfern um sie herum teilten.

„Hallo, Einhörner, schön, euch zu sehen!" grüßte Sunny sie voller Freude und schwamm weiter auf dem Wellenkamm.

Kurz darauf suchten Fleja und ihre Eltern zwischen den wunderschönen Blumen und dem weichen Gras nach einem netten Plätzchen zum Übernachten, wo sie den Frieden und die gelassene Atmosphäre dieser paradiesischen Insel weiter genießen konnten.

## 10. Die Anden: Ein Paar Kondore und Klammeraffen

Nach Sonnenaufgang waren Fleja, Nuja und Flynn schon wieder in der Luft, fröhlich ihre Reise nach Südamerika fortsetzend und den Geruch des Meeres und die Stille des Morgens genießend. Als sie Chile erreichten, gesellte sich ein Paar Kondore mit Begeisterung zu ihnen und sie flogen mühelos gemeinsam über die mächtigen Anden mit ihren schönen Tälern, erfreuten sich an den stillen und friedlichen Bergen, wo schamanische Traditionen wieder gepflegt wurden wie auch auf dem ganzen Kontinent. Die Einhörner sahen zu, wie farbenfroh gekleidete Schamanen Mutter Erde segneten und ihr mit Liebe Gaben aus der Natur darbrachten, ihr dafür dankend, dass sie sie ernährt und ein schönes Zuhause bietet. Alle Familien leben jetzt in bequemen, sauberen Häusern und genießen ein gesundes Leben in dieser wundervollen, einzigartigen Umgebung. Und in der Tat wurden überall prächtige Feste zu Ehren von Mutter Erde und dem unermesslichen Universum gefeiert.

„Fleja, Flynn, schaut! Hier ist eine der neuen Schulen gebaut mit natürlichen Materialien. Sie hat einen riesigen Spielplatz und einen Garten drum herum – schaut, wie schön das aussieht. Ich bin sprachlos!" rief Nuja.

„Oh ja, Nuja! Das sieht wirklich fantastisch aus. Welch Freude, diese glücklichen Kinder aller Altersstufen gemeinsam spielen und lernen zu sehen an diesem schönen, natürlichen Ort" antwortete Flynn aufgeregt, während er noch dabei war, seine lichterfüllten Segnungen durch sein Horn über sie zu verbreiten.

Das Kondor Paar verabschiedete sich und die Einhörner folgten ihrem Instinkt, um zu den riesigen Regenwäldern zu fliegen. Als sie in Sichtweite der ersten Urwaldriesen kamen, hörten sie das vergnügte und laute Geschrei der vielen Arten von Klammeraffen.

„Hey, Mama, Papa, was für ein Tier macht solch ein Geräusch?" fragte Fleja.

„Es muss sich um eine der vielen Affenhorden handeln, die in den Regenwäldern an Brasiliens Atlantikküste, am südlichen Amazonas und in Mexiko beheimatet sind. Du wirst sie mögen, Fleja!" lächelte Flynn.

Als sie die herrlichen Regenwaldriesen erreicht hatten, umkreiste Fleja die Bäume, tief beeindruckt von ihrer immensen Größe und Gelassenheit, ihrer Kraft und Stärke und natürlich von den zahlreichen Tieren, die auf ihren Ästen lebten. „Hallo, liebe Affen! Wieso macht ihr denn so ein Spektakel?" fragte Fleja lachend.

„Hallo, schönes Einhorn! Wir haben ganz einfach so viel Spaß wenn wir uns von einem Ast zum andern schwingen oder hüpfen. Es ist unsere individuelle Art unsere Freude auszudrücken und am Abend hilft es dabei, die Mitglieder unserer Großfamilie zur Nachtruhe zusammenzutrommeln."

„Ha, ha, das ist eine wirklich lustige Art und Weise, seine Freude mitzuteilen" lachte Fleja.

„Ja natürlich, wir sind lustige Tiere" sagte Tricky, einer der klugen Klammeraffen augenzwinkernd.

Erfüllt von Liebe und sich sehr glücklich fühlend, reisten Fleja und ihre Eltern weiter über den riesigen Regenwald.

„Mama, Papa, es ist erstaunlich hier, es ist alles so farbenfroh und es leben so viele verschiedene Tiere hier, wow." Flejas Augen waren weit aufgerissen vor Staunen.

„Oh ja, Fleja, es ist wirklich schön hier. Durch das Aufforstungsprogramm konnten sich die Tiere und die Pflanzen wieder erholen und dies wird so lange fortgesetzt, bis sich der Urwald wieder vollständig in seinem ursprünglichen Zustand befindet" sagte Nuja.

„Hmmm, das ist toll, Mama, ich liebe es hier und ich liebe auch die vielen schönen und bunten Vögel... ich muss sie immerzu anschauen" sagte Fleja, während sie ihren Eltern ruhig folgte. Nach diesem so vergnüglichen und entspannten Flug erreichten die Einhörner das erstaunliche Machu Picchu und überflogen diesen magischen Ort elegant mit ihren wundersamen Flügeln, wobei sie regenbogenfarbene Segnungen durch ihre Hörner aussandten.

„Nuja, Fleja, lasst uns ein wenig an Geschwindigkeit zulegen und Zentralamerika mit seinen mächtigen uralten Pyramiden, seiner herrlichen Landschaft und den beeindruckenden Kaktuswüsten Mexikos überqueren" sagte Flynn fröhlich und begann, seine Flügel in Startposition zu bringen.

# 11. Nordamerika: Adler, eine Herde Bisons, Kaninchen und ein Rudel Grauwölfe

Wieder die frische Luft genießend landeten Flynn, Nuja und Fleja auf einer wunderschönen Wiese am Fuße des magischen Mount Shasta, sahen sich inmitten der Stille dieses heiligen Ortes einen prächtigen Sonnenuntergang an und verbrachten eine erholsame Nacht an diesem wundervollen Schlafplatz.

„Guten Morgen, Mama, Papa." Fleja weckte ihre Eltern früh am nächsten Morgen, da sie selbst auf liebevolle Weise vom Gesang der Singdrosseln, die von einem Baum zum nächsten flogen und den neuen Tag begrüßten, geweckt worden war.

„Guten Morgen, Fleja. Danke, ihr geliebten Vögel, für euren wunderbaren Morgengesang!" lächelte Nuja.

Nach einem erfrischenden Bad in einem See am Rande der Wiese, die voll schöner Blumen und umgeben von dichten grünen Büschen war, flogen Fleja und ihre Eltern langsam in Richtung des Yellowstone Nationalparks, wobei sie unterwegs Mai und

Kirk, ein liebevolles Adlerpaar, trafen. „Hallo, schön euch zu treffen, Mai und Kirk! Kommt und begleitet uns auf unserer magischen Reise nach Yellowstone" sagte Flynn.

„Es ist uns eine Freude, uns dir und deiner Familie anzuschließen, lieber Flynn" erwiderte Kirk.

„Ohhh, seht, Fleja, Nuja, Mai, Kirk…die ersten Bisons unter uns. Sie gehören zu den riesigen Herden, die jetzt wieder vom Yellowstone bis hoch in den Norden Kanadas auf den Weiden grasen. Was für eine Freude, sie wieder in großen Herden frei auf den Prärien wandern zu sehen."

„Ja, Flynn. Ein solcher Anblick erfreut die Seele und das Herz. Wir sind alle so glücklich, dass die Natur überall im Land wieder blüht und gedeiht. Diese herrlichen Bisons finden jetzt überall Nahrung, so wie es immer war."

„Mama, Mama, schau. Hier sind Dutzende von Kaninchen, die fröhlich über das Gras hoppeln" rief Fleja glücklich.

„Ja, Fleja, sie genießen den frischen Morgentau auf der Wiese" sagte Nuja, die sie lächelnd betrachtete.

Nach kurzem Flug erreichten die Einhörner und das Adlerpaar den Yellowstone Nationalpark, einen Ort, an dem alle Tiere einen ruhigen, nährenden und stillen Platz finden können, um sich zu erholen. In den vergangenen Jahrhunderten haben sich diese Tiere von diesen magischen Orten über das ganze Land verteilt. Flynn, Nuja und Fleja ruhten sich den Tag über an einem wunderschönen Platz auf einem bewaldeten Plateau an den Ausläufern des Gebirges aus, betrachteten einen gigantischen Sonnenuntergang und wurden in den frühen Abendstunden einem Rudel Grauwölfe vorgestellt.

Die Einhörner verabschiedeten sich von den Adlern, die eine Extrarunde über ihnen flogen. Nachdem die Sonne untergegangen war und der Mond und die Sterne nun den Himmel beleuchteten, erschien ein herrliches Rudel Grauwölfe geräuschlos auf der Wiese nahe am Wald und begann, den großartigen Mond anzuheulen. Fleja dankte ihren Eltern voller Freude, dass sie ihr erlaubt hatten, so lange aufzubleiben, damit sie dieses fantastische, magische Schauspiel miterleben konnte.

Am nächsten Morgen begrüßten Fleja, Nuja und Flynn, die wieder liebevoll vom

Gesang der Vögel geweckt worden waren, den neuen Tag und machten sich erneut auf ihren Weg zu den Rocky Mountains und nach Kanada.

# 12. Kanada: Ein Elch, eine Grizzly-bären Familie und ein Falkenpaar

In einem schönen Tal in den Rocky Mountains fand die Einhornfamilie einen idyllischen Platz am Rande eines Waldes neben einer riesigen Bergwiese, auf der Blumen in allen Farben blühten, die von eifrigen Bienen umschwärmt waren. Mit dem Geruch der verschiedenen Gräser- und Blumensorten in der Nase landeten sie sanft mit eleganten Flügelschlägen am Waldrand.

„Oh, das ist aber schön. Kommt und seht. Ein großer Elch beobachtet uns durch die Bäume, Papa" sagte Fleja.

„Oh, das muss Timo sein, mein weiser alter Elchfreund" sagte Flynn und lief auf den Elch zu.

„Hallo, Flynn, toll dich hier in meiner schönen Heimat zu sehen" rief Timo ihm entgegen, als er aus den Bäumen hervor-trat.

„Hallo, Timo, ich freue mich auch, dich zu sehen."

Timo und Flynn begrüßten sich mit einem breiten Willkommenslächeln und einer sanften Berührung mit dem Einhornlicht von Seiten Flynns. „Wie geht es dir, Timo? Ich sehe nichts als blühende Natur in dieser herrlichen Landschaft. Ist jetzt alles in Ordnung?"

„Oh ja, Flynn, alles ist gut, wie du sehen kannst. Dank der Beseitigung der Umweltverschmutzung, dem Nachwachsen unserer zahlreichen Nahrungsquellen, ermöglicht durch die Aufgabe landwirtschaftlicher Bebauung und dem Wiederaufforstungsprogramm. Hier und im ganzen Landstrich wirst du nur Natur in ihrem einzigartigen Urzustand sehen. All die Wunden, die der großartigen Natur und Mutter Erde zugefügt worden sind, sind für immer verschwunden. Die Natur hat viel Kraft, sich zu regenerieren, wenn man es richtig macht. Niemand konnte sich das vorher vorstellen … es ist genial, Flynn" sagte Timo.

„Ja, Timo, die Natur ist einfach erstaunlich."

In der Zwischenzeit erkundeten Nuja und Fleja mit viel Spaß den behaglichen Platz, bis Timo und Flynn sich zu ihnen gesellten. „Hallo, Nuja, schön dich in meiner wunderschönen Heimat begrüßen zu dürfen" sagte Timo.

„Hallo Timo, schön dich wiederzusehen. Darf ich dir unsere Tochter Fleja vorstellen."

„Hallo Fleja, schön dich kennenzulernen. Ich hoffe, du genießt die herrliche Natur hier."

„Hallo, Timo, danke und ja, mir gefällt es hier, es ist so schön."

Genau in diesem Augenblick tauchten auf der blühenden Almwiese Tick und Tack, zwei lustige Kaninchen, auf. Nach einem gemeinsamen Nachmittag erfüllt von Liebe und Frieden verabschiedete Timo sich von der Einhornfamilie und verschwand langsam in den Schatten des Waldes. Flynn, Nuja, Fleja und die Kaninchen erfreuten sich anschließend an einem wunderschönen Sonnenuntergang und der Magie der hereinbrechenden Nacht. Bald darauf fielen sie alle in einen tiefen und erholsamen Schlaf.

Früh am nächsten Morgen, kurz nach einem herrlichen Sonnenaufgang über der Almwiese, setzten die Einhörner ihre Reise fort, während sie einem reinen und klaren

Bergbach flussaufwärts folgten. Als sie einen prächtigen reißenden Wasserfall mit einem riesigen Teich erreichten, der von weichem grünem Gras und wilden Blumen umsäumt war, gesellten sie sich zu einer fröhlichen Grizzlybären Familie am Ufer, deren Kinder im Wasser unter den wachsamen Blicken ihrer fürsorglichen Mutter Ann und ihres Vaters Jim miteinander spielten.

„Hallo, liebe Bären" grüßte Fleja sie mit einem Lächeln.

„Hallo, Einhörner, welch Freude, euch zu sehen" antwortete die Grizzlybären Familie.

„Können wir bei eurem lustigen Spiel mitmachen?" frage Fleja die jungen Grizzlybären im Wasser.

„Natürlich, es wäre uns eine Ehre, mit dir zu spielen" sagte Terry, einer der Grizzlyjungen.

Fleja sprang sofort zu ihnen ins Wasser und war bald nass vom Kopf bis zu den Hufen. „Fleja, möchtest du mit mir im Wasser um die Wette laufen?" fragte Terry mit einem Lächeln.

„Mit Vergnügen!"

Terry und Fleja gingen zum linken Rand des Teichs. Sobald sie losgerannt waren, war die ganze Bärenfamilie inklusive Flynn und Nuja, die vom Ufer aus zusahen, vollkommen durchnässt. Kurz vor Ende der Rennstrecke überholte Terry Fleja und wartete fröhlich an der Ziellinie auf seine neue Freundin.

„Danke, Fleja, für das Rennen, es war so lustig" sagte Terry.

„Dir auch danke, Terry, es hat mir auch riesigen Spaß gemacht."

Dann sprangen alle in den Teich und Flynn und Nuja überschütteten die Bären mit Frieden und bedingungsloser Liebe aus ihren strahlenden und wundervollen Hörnern. Nach der ausgelassenen Planscherei nahmen Flynn, Nuja und Fleja ein Sonnenbad auf der nahegelegenen Wiese. Sobald sie wieder ganz trocken waren verabschiedeten sie sich von den ehrfurchtsvollen Grizzlybären und flogen in Richtung der Nachmittagssonne über die schneebedeckten und majestätischen Berge.

Sie trafen ein wunderschönes Falkenpaar namens Rose und Piet, die sie erwarteten, um sie auf ihrem Heimflug in den Siebten Himmel zu begleiten. „Hallo, Flynn, hallo, Nuja, hallo Fleja! Wir freuen uns, euch wiederzusehen. Wie war eure Reise?" fragte Piet.

„Hallo, Piet, hallo Rose, schön, euch wiederzusehen. Es war einfach wundervoll! Mutter Erde und alle ihre wunderbaren Tiere haben sich erholen können und sie erblüht wieder. Es war wirklich eine Freude, das mit unseren eigenen Augen zu sehen und Fleja einen wundervollen, friedlichen und erholten Planeten Erde zeigen zu können" sagte Flynn.

„Oh ja, Flynn, wir leben wieder in einem Himmel auf Erden. Es ist unglaublich, wie schnell alles wieder geheilt ist, nachdem die Menschheit gelernt hat, Mutter Erde zu respektieren und alle Tiere, die auf ihr leben, besonders was den Seelenweg jedes einzelnen von ihnen anbelangt und die Menschen sich darüber hinaus an ihren eigenen Seelenweg erinnert haben und wie man ihm folgt" sagte Piet weise mit seinen weit geöffneten, alles sehenden Falkenaugen.

Gemeinsam flogen Flynn, Nuja, Fleja, Piet und Rose nach Hause in Richtung Sonne, einen magischen regenbogenfarbenen Pfad hinter sich lassend. Rasch ver-

schwanden sie in einem herrlichen Licht-
schauer hinter der Sonne.

MÖGE FRIEDE AUF ERDEN UND
IN UNSEREN HERZEN
HERRSCHEN
JETZT

Andrea Selina wuchs in Süddeutschland, auf einem kleinen Bauernhof, bei Ihren Großeltern auf. Von Ihren geliebten Großeltern lernte sie jedes Tier als einzigartig und mit Seele wertzuschätzen und zu lieben. Mit den Tieren zu sprechen, als wären es Menschen, war völlig normal, so wie auch das Engagement Verantwortung zu tragen und sich um Sie zu kümmern. Nach jahrelanger Arbeit als Assistentin in der freien Wirtschaft hat sie beschlossen eine Auszeit zu nehmen. Auf der Suche wie sie den wunderbaren Tieren auf unserem schönen Planeten Erde helfen kann, ist die Geschichte „Himmel auf Erden, Fleja, das Einhornkind, fliegt mit Ihren Eltern über den neugeborenen, erholten Planeten Erde" entstanden.

Titel und ISBN der Englischen Originalausgabe:

# Heaven on Earth

## Fleja the unicorn child, flying with her parents over the newborn, recovered planet Earth

| | |
|---|---|
| Paperback | ISBN 978-3-7323-3140-6 |
| Hardcover | ISBN 978-3-7323-3141-3 |
| E-Book | ISBN 978-3-7323-3142-0 |

www.tredition.de

Zeitfracht Medien GmbH
Ferdinand-Jühlke-Straße 7
99095 Erfurt, Deutschland
produktsicherheit@kolibri360.de